Slav i en Vecka
Komplett Serie

Erika Sanders

Erotisk Dominans och Underkastelse

Erika går med på att vara Sandras slav i en vecka...

Slav i en Vecka är en roman med ett starkt BDSM erotiskt innehåll och i sin tur en ny roman som tillhör samlingen **Erotisk Dominans och Underkastelse**, en serie romaner med ett högt romantiskt och erotiskt BDSM-innehåll.

(Alla karaktärer är 18 år eller äldre)

Erika Sanders är en internationellt känd författare, översatt till mer än tjugo språk, som signerar sina mest erotiska skrifter, bort från sin vanliga prosa, med sitt flicknamn.

SLAV I EN VECKA
KOMPLETT SERIE
ERIKA SANDERS

FÖRSTA DELEN

"Du förstår," sa Sandra till mig, "att när du väl kommer in i mitt hus så går det jag säger. Fullständig och total lydnad."

"Ehm, ja" sa jag lite oroligt.

"Inte um, ja," sa hon bestämt, "Ja matte."

"Ja matte", sa jag lite mer övertygad.

"Mycket bättre." Hon öppnade dörren och höll den åt sidan för att jag skulle komma in. Jag gick förbi henne och drog väskan med de saker jag hade tagit med mig och ställde mig i korridoren. Sandra stängde dörren och gick förbi mig. Jag granskade hennes försäkrade strut. Hon var lång, nästan 6 fot lång. Jag är bara 5'2" och kände mig försvagad av henne. Hon hade en härlig form rumpa , snygga

kurviga höfter och stora, C-kupade bröst.
Jag blev slagen.

Vi hade träffats på en pub och efter att
ha pratat hela natten hade hon frågat
mig om jag var öppensinnad. Jag hade
sagt ja och sedan hade hon frågat mig
om jag ansåg mig vara mer dominant
eller undergiven.

Jag var tvungen att tänka på det. Jag vet
vad jag vill, men jag blir också glad när
någon är villig att ta ansvar och berätta
för mig vad jag ska göra. Jag sa till henne
att jag var undergiven.

Jag blev chockad när hon frågade mig
om jag ville vara hennes slav.

"Vad menar du?" Jag hade frågat henne.

"Jag menar att du kommer till mitt hus
och stannar hos mig och gör allt som jag
ber dig.

"Sexuellt?"

"Allt." Jag var tvungen att tänka. Vi hade
pratat om andra saker, dansat, druckit
och mot slutet av kvällen kyssts. Det var
en underbar kyss, kraftfull och full av
lust. Jag lade min hand på hennes bröst
och hon tog bort det och tittade mig i
ögonen.

"Det är för min slav", sa hon.

"Då vill jag vara din slav."

Och nu var vi här, en vecka senare. Vi
hade kommit överens om att testa en
vecka .

"Du har inte förtjänat rätten att bära kläder ännu Erika, ta av dig alla." Jag tvekade och hon steg närmare mig. "Gör mig inte upprörd från början Erika, annars kommer straff att verkställas. Ta av dem."

"Ja matte," sa jag. Jag sparkade av mig skorna och drog sedan av mig mina strumpor också. Jag knäppte upp mina jeans och gled dem nerför mina ben medan Sandra stod och tittade på mig. Sedan drog jag min t-shirt över huvudet så att jag stod där i mina underkläder. Mina trosor gick nästa och till sist min bh. Jag vek snyggt ihop varje klädesplagg och la det på min väska.

Sandra undersökte min nakna kropp. Jag kände mig som en köttbit som bara stod där. Hon tittade på mina små bröst och sträckte sedan ut ett finger och körde det över min upprättstående bröstvårta.

"Du har så söta små bröst, Erika", sa hon
till mig.

"Tack älskarinna ."

"Dra dina bröstvårtor åt mig, dra hårt i
dem så jag kan se hur långt du kan få
dem och hur långt de sticker ut efteråt."

Jag tittade ner på mina bröstvårtor och
tog en i varje hand. Jag drog hårt i dem,
tills det gjorde ont, mina små bröst
sträckte sig till kottar som spetade ut
från min kropp. När jag släppte stod
bröstvårtorna stolt och upprymd
upprätt.

"Bra gjort Erika."

"Tack älskarinna ." Hennes ögon
fortsatte att kolla upp mig. Hon tittade
på min fitta med sin prydligt klippta

hårklippa och sa: "Det går bara inte. Jag ska gå och titta på lite TV Erika och medan jag gör det är det här vad du kommer att göra för mig. Du kommer att gå till mitt badrum och en pincett från den översta lådan på sminkfatet. Sedan får du en handduk och kommer till vardagsrummet. Medan jag tittar på TV lägger du handduken på soffbordet och sätter dig på den. och plocka dina kön tills ingen finns kvar."

"Ja frun", svarade jag. "Ska jag lägga undan mina saker först matte?"

"Vänd dig om", var hennes svar. Jag vände mig bort från henne och innan jag kunde fortsätta vända mig tillbaka mot henne kände jag en svidande smäll på min rumpa .

"Jag bad dig inte tänka eller ge förslag Erika."

"Förlåt älskarinna." Jag gick mot badrummet när Sandra flyttade sig ifrån mig. Det här var mer intensivt än jag hade förväntat mig jag insåg och undrade hur lång tid det skulle ta innan jag spricker och valde bort. Jag hittade pincetten och gick tillbaka till vardagsrummet där Sandra satt framför tv:n. Jag lade handduken på soffbordet så att jag kunde se TV:n och spred sedan ut benen för att inspektera mig själv.

"Nej, du möter inte TV Erika, du möter mig så att jag kan se dig plocka varenda liten hårstrå från din fitta." Jag suckade inåt och roterade mig så att min fitta blev utsatt för Sandra och började den långa och mödosamma processen att ta bort hår från den, ett i taget.

Jag hade hållit på i ungefär en halvtimme när jag började känna lusten att kissa. Jag sa ingenting först och när Sandra

lämnade rummet för att gå och göra
något gick jag på toaletten utan att tänka
på det. Jag återvände för att se Sandra
stå och vänta på mig.

"Var fan har du varit?" hon frågade mig.

"Till toaletten matte, jag behövde kissa",
sa jag förskräckt.

"Jag verkar inte minnas att jag gav dig
tillåtelse att göra det, eller hur?" hon
frågade.

"Nej matte, jag är mycket ledsen matte,"
svarade jag.

"Förlåt inte skär den slav. Gå dit på
soffbordet på händer och knän." Jag
gjorde som jag blev tillsagd, knäböjde
som en hund på bordet. "Bra ut dina ben
bredare", sa hon. Jag spred isär knäna

tills de var vid bordets kanter. Jag kunde känna den svala luften i rummet på min blottade anus och fitta.

Zas! Jag kände den svidande smällen från Sandras hand på min rövkind . Zas! Och på den andra också.

"Vet du vad det är till för?" Jag blev tillfrågad.

"För att du inte bett om lov älskarinna", svarade jag ödmjukt

"Det stämmer. Och när du blir straffad kommer du att tacka din älskarinna för att hon hjälper dig att vara en riktig slav. Förstår du?"

"Ja frun", svarade jag. Zas! Hennes hand slog mina fittläppar och jag bet mig i läppen istället för att gråta. Instinkten sa till mig att det bara skulle leda till mer problem.

"Tack älskarinna ," sa jag. Hon slog min fitta igen, och sedan ytterligare tre gånger och sedan min rumpa lite till. Varje gång tackade jag henne för att hon slog den.

"Ok, fortsätt nu, jag gillar inte hår på min tomt", sa hon till mig. Jag satte mig på handduken, min rumpa röd av smisken. Jag tittade på mina fittläppar. De var röda efter att ha blivit påkörda. Men jag blev också förvånad över att notera att det fanns en liten pärla av fukt mellan mina blygdläppar. Det var något med det sätt som jag blev behandlad på som började tända mig.

Till slut lyckades jag plocka bort det sista håret från min fitta. Jag fick order om att lägga mig tillbaka, sprida ut benen och dra knäna mot mig så att jag blev helt exponerad. Sandra gick fram och knäböjde mellan dem. Hon inspekterade min fitta noga, men hon rörde den inte. Jag var så kåt! Att ha henne så nära, tillräckligt nära att om hon slickade sig om läpparna skulle hon antagligen röra vid min fitta, men att inte röra ändå gjorde mig vansinnig. Jag ville att hon skulle slicka mig. Desperat. Jag trodde inte att jag skulle kunna fråga.

Efter ett par minuter av detta slickade Sandra mig med en lång slick från basen av min slits till toppen. Men det var det. Jag kunde känna mina juicer redo att sippra ur min fitta och när jag fick sätta mig upp rörde jag vid mig själv, mitt finger lättade väldigt lätt mellan mina läppar.

"Jag kan se att du inte riktigt förstår det här Erika", sa Sandra till mig när hon såg mig göra det här. "Du gör ingenting, utan min tillåtelse. Du går inte på toaletten och du onanerar inte. Kom hit, jag tror att jag behöver förstärka lektionen."

Jag trodde att jag höll på att få smisk igen. Och trots att det hade gjort lite ont såg jag att jag såg fram emot det. Men Sandra ledde mig till en trästol. Den hade en lamellrygg i trä och en sits i massiv trä. Det fanns en liten rumpa-formad fördjupning ingjuten i sätet och jag satt där som jag blev instruerad.

"Ge mig dina händer", sa Sandra bakom mig. Jag lade dem bakom mig och de blev gripna och snabbt bundna till stolen. Sandra kom runt framför mig då och band mina anklar till stolen också. Hon sköt stolen (med mig på den förstås) dit jag skulle sitta och titta på henne. Sedan gick Sandra till köket och kom tillbaka med ett stort glas vatten.

"Drick den här Erika", sa hon till mig. Hon satte glaset mot mina läppar och jag

kom igenom ungefär hälften av det utan
att andas. Sedan lyfte hon den och hällde
den i min mun. Jag hade inte förväntat
mig det och det var mer än jag kunde ta.
Det rann förbi mina läppar och rann
nerför min hals och mina bröst och upp
på sätet. Jag satt i en mycket grund pöl.
Jag kunde känna det kalla vattnet på
anus och fittläppar. Det var dock lite jag
kunde göra för att flytta den.

Sandra lämnade mig ifred och jag blev
övergiven för att sitta och titta på henne
och titta på TV. Varje gång en reklam
kom upp fyllde hon glaset och fick mig
att dricka. Detta pågick i två timmar.

Återigen kände jag ett behov av att kissa.
Jag började bli desperat. Jag hade tappat
koll på hur mycket vatten jag hade
druckit, men min blåsa var redo att
explodera! Jag vred mig i min plats, men
ingen ställning hjälpte.

"Behöver du kissa slav?" Sandra frågade mig när hon såg mig göra det här.

"Ja matte" svarade jag lättad över att jag skulle få gå på toaletten.

"Då har du min tillåtelse att kissa", svarade hon.

"Äm, kan du lossa mig så att jag kan kissa matte?" Jag frågade.

"Du behöver inte vara obunden slav, bara kissa", sa Sandra.

"Här?" frågade jag förvirrad.

Sandra klev upp och tog min vänstra bröstvårta mellan tummen och pekfingret. Hon drog det hårt. "Var uppmärksam. Kiss", sa hon och drog ytterligare en dragning. Jag försökte slappna av. Det var inte lätt. Sandra stod precis framför mig. Jag var inte van vid att någon såg mig göra det här. Jag var inte van vid att vara bunden heller.

Jag kunde känna det komma, det där första ruset, flödet mot mina läppar från urinblåsan.

"Slösa inte min tid slav, kiss", sa Sandra till mig. Och då kände jag det. Mitt kiss sprack mellan mina läppar som en flod som bryter en valv. Det sprutade upp på stolen och sedan ut över kanten, blandades med vattnet som hade samlats runt mig.

Sandra knäböjde framför mig och medan jag tittade på förvånad lutade hon sig framåt så att strömmen av min kiss stänkte över hennes blus.

" Åh bra tjej," sa hon till mig och jag kände mig glad över att få komplimanger. Jag såg min kiss suga in i Sandras blus tills det inte fanns något kvar att kissa. Hon sträckte sig framåt och körde fingret genom kissarna som hade pölat runt min rumpa och fitta och lyfte den sedan till min bröstvårta och torkade över den. Det var en våt, elektrisk beröring som skickade en spänning genom min kropp. Sedan reste hon sig och lämnade mig där. Jag visste inte vad jag skulle göra. Jag blev bara sittande i en grund bassäng av mitt eget piss.

Sandra kom tillbaka. Hon bar på vattenglaset igen. Hon fick mig att dricka det. Sedan tog hon tag i mitt hår och drog mitt ansikte mot hennes bröst.

"Sug min messlav", sa hon till mig. Hon stack sitt bröst i mitt ansikte och jag öppnade min mun och sög på hennes bröst, klädd som den var i hennes blus som var genomvåt av mitt kiss.

"Du vet, jag börjar gilla din slav. Om du är väldigt bra kanske jag till och med låter dig få mig att sperma senare." Hon drog av sig blusen och sedan bh:n. Jag dreglade nästan bokstavligen när jag såg hennes bröst. De var fantastiska. Hon tappade sina kläder i pölen av piss och vatten och sedan satt hon bara och tittade på tv, och lämnade mig fortfarande sittande i en snabbt svalnande pöl som jag kunde känna på mina nakna läppar och rynkiga lilla anus.

Jag måste ha suttit där i en halvtimme till och undrat om jag skulle vara här hela natten.

"Dags för mig att gå och lägga mig", meddelade Sandra för mig och stod framför mig med sina underbart stora bröst blottade och retade mig. "Jag ska lossa dig nu Erika och jag vill att du följer mina instruktioner. Jag gör mig redo för sängen. Medan jag gör det kommer du att städa upp den här röran. Sedan kommer du in i mitt rum och slickar mig tills Jag cum. Förstår du?"

"Ja frun", svarade jag. Sandra flyttade sig bakom mig och lossade mig. Jag gnuggade mina handleder när Sandra flyttade bort och började sedan städa upp röran på golvet, stolen och Sandras blus. Jag hörde duschen och tänkte kort på att det skulle vara ett utmärkt tillfälle att njuta av mig själv, men var försiktig. När jag visste min tur skulle jag bli fångad och straffad igen. Och vem vet vad Sandra skulle hitta på härnäst.

Jag flyttade in i sovrummet i tid för att se henne gå ut ur badrummet, naken. Hon var så sexig. Sandra låg på sängen och spred på benen. "Ät mig slav", sa hon till mig.

Jag kröp upp mellan hennes ben och tittade på hennes silkeslena, hårlösa fitta. Hennes läppar var redan fyllda, uppenbarligen redo för lite kärlek, hennes klitoris upprätt och kikade mellan hennes läppar. Jag använde mina fingrar för att dela hennes blygdläppar och drog sedan min tunga genom hennes slits, tryckte inåt och sedan upp och över hennes klitoris.

"Åh ja", muttrade hon innan hon uppmuntrade mig och krävde att jag skulle fortsätta. Min tunga arbetade om och om igen och om hennes fitta, in och ut och fram och tillbaka. Jag kunde känna mina egna safter sippra mellan mina läppar att jag blev så upphetsad. Jag ville så gärna ha lite uppmärksamhet, men koncentrerade mig på att glädja min älskarinna. Hon smakade underbart.

Jag hörde hur hennes andning förkortades, kom i byxor och flämtade och sedan klämdes mitt huvud fast mellan hennes lår när hon kom och sprutade en ström av vätska mot mitt ansikte! Jag slickade och slurade och Sandra skrek och krampade av sitt nöje.

"God tjej Erika", sa hon när hon stannade och jag blev förvånad över hur glad jag blev över att få sådant beröm. Sandra tittade på den fuktiga fläcken som breder ut sig på hennes lakan och log.

"Jag tror att jag kommer att behöva en ren slav." Hon sa till mig var jag kunde hitta den och jag gick för att hämta en åt henne. Efter att jag hade lagt den på sängen (Sandra tittade på mig hela tiden) frågade jag vad hon ville att jag skulle göra med den blöta.

" Åh , du får sova på den där sötnosen. Vid fotändan av min säng," fick jag besked. Sandra fick mig att lägga mig vid fotändan av hennes säng och knöt ena fotleden till sängstolpen så att jag inte kunde röra mig särskilt långt från henne. Hon sa åt mig att sprida mina ben så att hon kunde titta på min fitta igen. Hon förde ett finger genom min springa och min rygg krökte sig och försökte behålla kontakten så länge som möjligt. Hennes finger trycktes in i mig och jag grät och nöjet som jag äntligen fick känna efter en dag av nöd. Den drogs tillbaka och jag såg när Sandra sög ren den.

"Godnatt slav." Hon hoppade upp på sängen. "Och om du undrar, om du behöver kissa, så gör du det där om jag inte knyter upp dig på morgonen." Och med det hörde jag inget annat från henne.

Det tog mig ganska lång tid att somna, men jag lyckades till slut.

När jag vaknade var det för att hitta
Sandra som stod över mig, naken. Det
var den vackraste utsikten uppför
hennes långa långa ben, förbi hennes
kala slits, till kurvan på undersidan av
hennes bröst, hennes huvud böjt framåt
så att jag tittade in i ansiktet. Jag sträckte
på mig och upptäckte att jag redan hade
lossnat.

"De här är till dig", sa hon till mig och
släppte ett par blåa bomullstrosor på
mig och log.

" Åh tack matte," sa jag uppriktigt nöjd.
Hon såg att jag tog på mig dem och fick
mig sedan att stå framför henne.

"Härsk, får jag snälla använda
toaletten?" frågade jag henne lite
nervöst.

"Nej, knäböja", sa hon till mig. Jag knäböjde framför henne. "När du är redo att gå, kissa på trosorna, slav. Jag vill se dig blöta dem." Hon satte sig i kors framför mig och väntade. Det dröjde inte länge förrän jag inte kunde hålla det när jag precis vaknat. Jag kände att det pirrade och rusade och sedan blev trosorna blöta, mitt piss blötlade tyget och rann sedan ner för benet. Jag skiljde dem lite och det föll mot lakanet som jag hade sovit på.

"Jag gillar att se dig kissa, slav," sa Sandra. "Nu kan du titta på mig." Hon ställde sig framför mig och lutade sig lite bakåt och skiljde blygdläpparna med fingrarna. Jag hade knappt registrerat vad hon gjorde när en skarp ström av varmt piss sprutade fram från henne som en fjäder, slog mig på bröstet, körde över mina bröstvårtor och mage och ner till min fitta. Jag kände hennes varma kiss på mina kala läppar.

" Åh, du håller på att bli en underbar slav, du ryckte inte ens tillbaka," sa Sandra till mig och log. Hon sträckte fram sina händer och jag la mina i hennes. Hon lyfte mig på fötter och hon drog mig mot sig, min kropp våt med hennes piss tryckt mot hennes. Mitt ansikte var bara precis ovanför hennes bröstvårtor och jag kände mig krossad mot hennes fantastiska bröst. Jag ville så gärna suga hennes stora bröstvårta.

"Kom och duscha med mig Erika," sa Sandra. Vi gick in i badrummet och snart stod jag i alkoven med henne, framför allt fortfarande klädd i ett par trosor. Sandra lät mig tvätta henne noggrant, uppmärksamma hennes anus och insisterade på att jag skulle glida in fingret i hennes täta hål. Sedan tog hon tvålen ifrån mig och började tvätta min kropp.

Jag hade aldrig värkt efter beröringen av en kvinna som jag gjorde när hon började köra händerna över mina små bröst. Hon snärtade och nöp och retade mina bröstvårtor och jag stönade för varje beröring.

Sandra flyttade vattenbäcken så att den saknade mig och sedan var hennes hand nere innanför trosorna och tvålade in min rumpa. Jag kände hur hennes finger tryckte mot mitt anus och jag tryckte bakåt och kände hur det glider in lite.

"Det här måste döda dig Erika, jag slår vad om att allt du vill just nu är att komma."

"Åh ja, matte", klarade jag mig med ett darrande i rösten. Jag såg hur hon tog upp en rakhyvel och vände den i handen. Hon började smeta tvål över hela handtaget och jag kände hur trosorna drog ner mina ben. Hon vände mig mot väggen och lät mig placera händerna framför mig och sprida mina ben. Sedan trycktes spetsen på rakhyvelns handtag in i min anus. Jag stönade och det blev hårdare.

Sandra slutade inte förrän hela handen var djupt i min rumpa , bara den utsvängda änden där rakhyveln normalt skulle monteras hindrade henne från att glida in den längre. Hon vred den inuti mig, handtagets kurva roterade i min rumpa. Det var nästan tillräckligt för att få mig att få orgasm. Nästan, men inte riktigt.

Sedan drogs den tillbaka, min rumpa tvättades av och trosorna drogs tillbaka på plats. Återigen hade min fitta blivit övergiven. Vi var ute ur duschen och Sandra torkade sig. Jag fick ingen handduk.

Sandra ledde mig sedan till sovrummet och berättade att hon hade några saker att ta hand om. När jag låg på hennes

säng och bunden, berättade hon för mig
att hon hade en bra uppfattning om hur
kåt jag var och litade inte på att jag inte
skulle få orgasm medan hon var borta.
Så jag var bunden med utrymme att röra
mig, bara inte tillräckligt för att nå någon
av knutarna eller min fitta. Det bästa jag
kunde klara av var att få en hand på min
bröstvårta.

Då var jag ensam.

Det var timmar senare som jag väcktes
av ljudet av röster som kom in i
sovrummet..

ANDRA DELEN

Dörrklockan ringde.

"Gå och se vem som står vid dörren Erika", hörde jag Sandra ropa. Jag gick till dörren, orolig. Jag fick trots allt bara ha ett par trosor i huset, så den som var där höll på att se mina små bröst och upprättstående bröstvårtor.

Trevande kikade jag genom spionhålet för att se en man stå där.

Det var svårt att säga hur han egentligen såg ut genom den förvrängda utsikten, men han var klädd i kostym.

årets största spänning!" Jag öppnade dörren och svängde den tillräckligt bred för att jag kunde titta runt den.

"Ja?" Jag frågade.

"Är Sandra med?" frågade han mig och hans ögon rörde sig från mitt ansikte ner mot min hals och nyckelben. Han slickade sig om läpparna. Jag tror att han visste att jag inte var ordentligt klädd bakom dörren.

"Vem kan jag säga ringer?"

"Dan."

"Vänta här ett ögonblick snälla," sa jag till honom och stängde dörren. Jag gick på jakt efter Sandra och hittade henne komma ut från toaletten.

"Det är en Dan här för att se dig Sandra," informerade jag henne.

"Åh, vad härligt", utbrast hon. "Snälla gå och släpp in honom, ta honom sedan in i loungen."

Jag gick tillbaka till dörren och öppnade den, tillräckligt bred den här gången för att Dan skulle kunna gå in. Jag kände hur hans ögon färdades upp och ner i min kropp och kände hur jag reagerade på den uppriktiga bedömningen. Inget sades, men Dan klev in i foajén så att jag kunde stänga dörren.

"Följ mig snälla," sa jag till honom och gick i riktning mot loungen. En blick över min axel såg till att han följde efter, och berättade också att hans ögon var klistrade vid min trossklädda rumpa.

Jag leder Dan in i loungen där Sandra satt i soffan. Hon stod när Dan kom och klev in för att krama honom.

"Hej där Dan, det är så kul att se dig!"
Hon sa.

— Likaså Sandra. Jag var i stan i affärer
och var tvungen att titta förbi.

"Vill du ha något att dricka?"

"Scotch?" frågade Dan.

"Självklart. Erika, snälla skaffa Dan en
Scotch. På is, ja?" sa hon och bekräftade
med Dan. Han nickade och jag gav mig
av mot spritskåpet på andra sidan
soffbordet där han och Sandra nu satt
sig i soffan. "Och skaffa en till mig också,"
tillade hon.

Jag böjde mig, höll mina knän raka när
jag hämtade flaskan från skåpet, säker
på att hålla min trosklädda fitta rakt mot
Sandra som jag hade blivit tillsagd när

jag hämtade saker från lågt nere. Sandra gillade mina ben och var inte en som fick mig att slösa bort ett tillfälle för henne att beundra dem.

Jag passerade Dan en drink och gav sedan Sandra sin innan hon sa: "Tack Erika, du får sitta på den där kudden." Hon visade på en kudde i hörnet av loungen och jag gick och satte mig med benen i kors, medveten om att Dan lät hans blick snärta över till mina bröst då och då medan de pratade.

De hade pratat i ungefär en halvtimme och jag hade fyllt på deras drinkar ett par gånger när Sandra sa till Dan efter att han hade tittat på mig igen, "gillar du min nya leksak då?"

"Väldigt mycket, hon är extremt söt, Sandra, du har gjort det väldigt bra för dig själv."

"Ja, hon har lärt sig ganska snabbt också", sa Sandra och jag kände ett varmt sken vid berömmet.

"Det är något med de där små brösten som drar mig hela tiden," sa Dan. "Jag kan inte riktigt sätta fingret på det, för jag är vanligtvis mer för en trevlig busig tjej som du själv, men det är något med henne ..."

"Jag vet vad du menar", svarade Sandra, "jag var likadan först. Nu tar jag det för givet. Hon svarar trots allt fortfarande på ett bra ryck i bröstvårtan."

"Har du något emot om jag ger det ett försök?"

"Självklart inte. Erika, kom hit snälla." Jag ställde mig upp och gick fram till där de två satt. "Knäböj här." Jag knäböjde framför dem. Dan sträckte ut handen och drog en hand över mitt bröst innan han tog min vänstra bröstvårta mellan tummen och pekfingret. Han drog och vred och jag kände en skarp smärta skjuta genom mitt bröst. Jag stönade, oförmögen att hjälpa mig själv.

Sandra sträckte ut handen och drog i min högra bröstvårta samtidigt och jag stönade igen.

"De är vackra små bröstvårtor, eller hur?" sa hon till Dan som höll med henne. De två fortsatte att leka med mina bröstvårtor ett tag och sedan, plötsligt (åtminstone verkade det för mig) stannade och återupptog sitt samtal. Jag knäböjde helt enkelt där, efter att inte ha fått någon instruktion att göra något annat.

Sedan blev jag ombedd att hämta mer drinkar och gjorde det. Efter att ha levererat dem tvekade jag, osäker på vart jag skulle återvända, och knäböjde framför dem eller hörnet. Sandra måste ha märkt och instruerat mig att knäböja framför dem igen.

"Men ta av dig de trosorna, jag vill att Dan ska se din plockade fitta..." la hon till när jag var halvvägs till golvet. Jag ställde mig igen och drog mina trosor ner för benen och avslöjade min släta, kala hög. Dan satt och beundrade mig, hans blick höll fast vid min fitta.

"Ja, hon har verkligen en härlig fitta, sa du att den är plockad?" sa Dan och ena handen justerade grenen på byxorna.

"Ja, du vet hur jag inte gillar hår och rakstubb är en sväng, så jag fick henne att sitta där och nappa sig, ett hårstrå i taget. Det var väldigt roligt och jag tycker att hennes fitta ser mycket bättre ut för det. .

"Jag slår vad om att det är snyggt och tätt."

"Jag vet inte än, jag har inte tillåtit henne att göra någonting mot sin fitta och inte jag heller sedan hon kom hit. Hon måste förtjäna rätten att bli knullad ordentligt i det här huset. "Det gör henne härlig och blöt dock", tillade Sandra och plockade upp mina kasserade trosor och visade Dan det våta spåret i grenen.

Att de pratade om mig som om jag inte var där började tända på mig. Hela varelsen behandlad som ett föremål hade först demoraliserat mig, men nu sa den till mig: "Detta är din roll och du är uppskattad. Njut av den och njut av den." Det var uppenbarligen att tända på Dan också, eftersom han hade en uppenbar erektion i byxorna.

"Varför Dan, är det något du behöver hjälp med?" Sandra frågade honom när han försökte anpassa sig. Hon sträckte en hand över och strök hans kuk genom hans byxor.

"Jag skulle välkomna lite hjälp."

"Du får väl stå upp då", sa hon till honom. Dan stod och Sandra sa åt mig att ta av hans byxor och få ut hans kuk, men inte röra den. Jag lossade hans bälte och sedan knappen och gylfen på hans jeans som gled mot golvet. Han hade fantastiska ben och måste ha varit en cyklist eftersom de saknade hår. Hans kuk stötte ut mot hans boxare, som jag drog av, noga med att manövrera dem utan att fånga eller röra hans kuk. Den var lång och tjock och mycket imponerande. Jag ville sträcka ut handen och hålla den, men visste att det skulle

innebära mer problem än jag kunde
föreställa mig.

Dan satte sig tillbaka på soffan och
Sandra lutade sig fram och började
slicka längs Dans kuk. Jag såg hennes
tunga dansa försiktigt längs ådrorna och
ringla runt huvudet. Dan stönade.

"Du kan leka med hennes bröst Dan och
du kan röra hennes kulle, men rör inte
eller penetrera inte hennes läppar," sa
Sandra till honom innan hon tog hans
kuk väl in i hennes mun. Hon gled den
mjukt upp och ner för hans längd.

Dan sträckte ut handen och drog mig
närmare sig i min högra bröstvårta.
Fingrarna på hans andra hand dansade
över den släta huden på min kulle, farligt
nära mina läppar, men rörde dem aldrig.
Sedan drog han i mina bröstvårtor igen.
Hård. Det gjorde ont, han drog så hårt att
jag var säker på att han fick blåmärken

på dem, men jag grät inte utan stod bara där och tog smärtan och fokuserade på Sandra med en kuk som gled in och ut ur munnen.

Hon stannade och drog av sig toppen över huvudet innan hon släppte behån, hennes massiva bröst rann ut förtjusande. Hon tog tag i Dans kuk och placerade den mellan sina bröst och använde sina händer för att fånga den mellan sina bröst . Sedan dribblade hon spott från hennes mun över toppen av hans kuk och började glida hennes bröst upp och ner hans kuk, vardera sidan om den.

Dan slutade uppmärksamma mig och såg när Sandra knullade hans kuk med sina bröst. Sedan började hon arbeta sig uppför hans kropp med tungan tills hon låg på honom med sina bröst krossade mot hans bröst och hennes ben spridda till vardera sidan om honom. Dan drog på sig kjolen tills den hopade sig runt

hennes midja. Sedan tog han tag i hennes
strumpbyxor och slet sönder dem.
Sandra bar inga trosor under sin slang.

Sandra lutade sig framåt och Dan tog tag
i hans kuk och riktade den mot hennes
fitta. Hon knuffade tillbaka ner och gled
längs hans stång och bäddade in den i
sig. Jag stod bredvid dem när Sandra red
upp och ner på sin stela kuk, väntade
och undrade vad jag skulle få göra.
Sandra måste ha läst mina tankar.

"Kom hit" sa hon till mig och så fort jag
var tillräckligt nära tog hon en
bröstvårta i munnen och sög ivrig på den
medan hon studsade upp och ner. Sedan
tryckte Dan tillbaka Sandra tills de hade
bytt position och han höll sig över
henne, körde in sin kuk i henne i
missionärsställning, hans bollar slog mot
henne med varje inåtstöt.

Jag hörde honom grymta och såg honom
hålla sig inne, uppenbarligen skjuta sin
sperma djupt in i henne, innan han drog
ut sin kuk.

"Tack Sandra, det var lika underbart som
alltid", sa han till henne.

"Rengör honom Erika, använd din mun",
sa Sandra och tittade på mig. Jag
knäböjde och Dan satt med benen
spridda på soffan, hans kuk inte helt
förbrukad, glittrande av deras
kombinerade juicer. Jag använde min
mun, sög och slickade på hans kuk, och
rensade honom från deras njutning. När
jag gjorde det steg han igen till ett fullt
upprätt tillstånd och jag njöt av att ha en
så stor kuk att suga.

"Stoppa Erika, han är ren. Du måste
städa mig nu. Och den här gången slutar
du inte förrän jag har kommit." Sandra
berättade för mig. Jag flyttade över

mellan hennes ben och hon gled framåt
tills hennes rumpa hängde på kanten,
benen skiljdes åt för mig.

Jag beundrade hennes fitta och
applicerade min tunga försiktigt på
hennes blygdläppar, slickade och
städade. Sedan såg jag sperma sippra
mellan hennes läppar och ner mot
hennes anus. Jag jagade den med tungan
och var tvungen att slicka runt och över
hennes rynkiga hål för att möta kraven
för den uppgift som jag hade fått. Sandra
stönade högt när min tunga dansade
över hennes anus.

Jag sonderade mellan hennes läppar,
slickade, sög, rengjorde sperma från
henne och flyttade sedan upp mot
hennes klitoris. Jag körde min tunga
över toppen och sedan tillbaka ner igen
innan jag cirklade den runt och runt. Jag
kunde se Dan smeka sin kuk i ögonvrån
när han såg mig uppträda på min
älskarinna.

Jag satte mig in i en rytm och blev belönad när jag hörde Sandra skrika och hennes kropp krampade av hennes orgasm.

När hon hade återhämtat sig sa hon till mig att jag kunde gå tillbaka till hörnet nu. Jag var mycket medveten om hur blöt min fitta var när jag tog mig tillbaka genom rummet. Dan och Sandra satt och pratade lite mer, och de tyckte inte heller att det var värt att oroa sig för att återställa sina kläder.

"Hon är verkligen en förtjusande ung leksak," sa Dan vid ett tillfälle. "Någon chans att jag kan sperma i hennes mun?"

"Jag har en annan idé. Hon har varit väldigt duktig och förtjänar en belöning. Inte så bra, märk väl," tillade Sandra när hon såg hur hans ögon lyste. "Kom med mig Erika", sa hon. Jag följde efter Sandra in i sovrummet där hon väntade med en längd sladd. Hon lät mig hålla mina armar vid min sida och band repet runt mig i armbågshöjd så att jag kunde röra underarmen, men inte överarmarna. Den var tillräckligt lång för att hon kunde linda den runt och runt upp över mitt bröst, binda mina överarmar helt stilla och lämna tillräckligt lång för att hon kunde leda mig vid den.

Och det gjorde hon, tillbaka ut i loungen där Dan väntade, flera längder av sladd draperad över hennes andra arm.

"Nu ser det här lovande ut", sa Dan medan han såg oss närma oss.

"Böj ner Erika", sa Sandra till mig. Jag knäböjde och kände hur Sandra drog ytterligare en längd av sladd runt baksidan av mina ben. "Låt dig nu tillbaka på hälarna och luta dig sedan framåt för att lägga huvudet i golvet så att dina knän är upp mot bröstet." Jag gjorde så. Längden av sladd som nu var instängd bakom mina knän av mina vikta ben fördes upp över min nacke och knöts sedan framför den. Sandra justerar mig lite.

Till slut hade jag mina underarmar och underben på marken, hopfällda så att jag inte kunde röra mig, min rumpa pekade ut bakom mig. Det var inte bekvämt och jag hoppades att det bara kunde betyda att Sandra skulle låta Dan knulla mig och ge mig lite släpp.

Jag hade nästan sån tur.

"Jag sparar det här åt mig", hörde jag Sandra säga bakom mig medan ett finger sprang så sakta över min vänstra yttre fitteläpp. Jag ryste vid beröringen. "Men jag tror att det är dags att den här

leksaken användes lite . Leksakerna ska
ju trots allt lekas med, inte lämnas på
hyllan i omslaget. Så jag ska låta dig
knulla hennes Dan, just här."

Jag kände hur hennes finger vilade lätt
mitt på mitt anus.

"Nu finns det en gåva som jag gärna tar
emot", svarade Dan.

"Låt mig bara förbereda henne för dig",
sa Sandra. Hon lämnade rummet och
kom tillbaka. Det första jag kände var
hennes tunga som lätt slickade runt mitt
anus. Det var vilt. Jag ville svara, men var
för hårt bunden för att göra det. Sedan
kände jag något coolt springa över min
rumpa.

Sandra började gnugga in det i mitt anus.
Det måste vara glidmedel tänkte jag för
mig själv. Hon tryckte på mitt anus utan

att penetrera, körde med fingret eller
tummen fram och tillbaka över ingången
en stund tills den punkt där hon
spetsade fingret inuti mig. Jag flämtade
när hon bestämt gled den förbi
motståndet i ringen i min muskel.

Hon gled in och ut den några gånger
innan hon applicerade mer glidmedel
och tryckte in ett andra finger med det
första. Jag flämtade.

"Ok Dan, tror du att du klarar dig?"
frågade hon och skrattade.

" Åh , det är jag säker på att jag kan,"
svarade han. Jag kände huvudet på hans
stora kuk vila mot min anus. Trycket
ökade sakta tills jag kunde känna hur
han lättade inom mig. Jag bet ner på min
läpp för att kväva alla ljud som jag kunde
göra så sakta men bestämt han arbetade
sig in i mig. Jag kunde inte fatta hur stort
det kändes. Jag ville ha tid att anpassa

mig, för att göra mig redo för vad som skulle komma, men fick inte det. Han tryckte in obevekligt och jag hade inget annat val än att låta honom. Och så slutade han. Han höll sin kuk så långt inuti mig att jag trodde att han måste ha varit redo att knuffa på mina tonsiller. Och så lättade han ut igen. Det var fantastiskt.

Han tryckte på igen; gled tillbaka in och jag kände Sandra dribbla glidmedel på oss när vi smälte ihop igen. Det droppade förbi hans kuk och min anus till min fitta och jag värkte att få den rörd. Dan började knulla min rumpa nu och när jag anpassade mig njöt jag verkligen av det, gungade lite för att uppmuntra hans invasion av min rumpa.

Jag ville beröra min klitoris. Jag brann. Jag visste att det bara skulle krävas den minsta beröring för att få mig att sperma som jag aldrig gjort förut, men det fanns inget jag kunde göra för att uppnå det.

Och sedan kom Dan och översvämmade min rumpa med sitt frö.

"Tack så mycket Sandra," erbjöd han innan han gick iväg till badrummet.

""Låt mig städa upp dig, Erika," sa Sandra i hans frånvaro. Jag kände hur hennes tunga slickade upp springan på min fitta till min anus där hon slickade och sög tills det inte fanns någon sperma kvar.

"Ja, Sandra, jag måste gå," sa Dan och återvände från badrummet. "Tack för ett så trevligt besök."

"När som helst Dan, glad att du kom förbi," svarade hon. Hon följde honom till dörren. Hon rullade mig på sidan, fortfarande bunden och satte sig sedan för att titta på TV.

Jag låg på golvet, kunde bara se tv:n, vänd bort från Sandra. Jag kunde inte vrida huvudet tillräckligt långt för att faktiskt se henne. Det var oundvikligt att det skulle hända och trots att jag hoppades på annat behövde jag kissa.

"Snälla matte, jag måste gå på toaletten," sa jag och förväntade mig inte att få lov, utan måste fråga för säkerhets skull.

"Tja, jag tittar på TV och har inte tid att lösa upp dig, så du kan antingen hålla på till slutet av programmet eller helt enkelt avlasta dig själv. Jag försökte hålla på, men utan resultat, så småningom, innan slutet av showen hade jag inget annat val än att släppa min kiss.

När jag var klar låg jag i pisset på golvet och blev förvånad när jag kände att Sandra hade rört sig mot mig. Jag kände hennes hand smeka min höft och glida ner över min skinka för att röra vid min kissblöta fitta med fingrarna. Hon körde dem fram och tillbaka längs min springa och snart ändrades fuktbeläggningen på mig. Ett finger sökte i min anus och arbetade sakta inuti och sedan, till min fullständiga förvåning, gled ett inuti min fitta.

Jag stönade, det var den första direkta kontakten hon hade fått med min fitta och jag insåg plötsligt hur mycket jag hade önskat det. Sedan höll Sandra på att lossa sladdarna som band mig.

"Kom med mig, det är dags att vi hade lite roligare." När jag slängde de sista sladdarna stod jag sakta från golvet och masserade min kropp där de satt fast. Jag hade varit i den positionen i en dryg timme eller så och snubblade lite vid mitt första steg. Sandra ledde mig in i badrummet och slog på duschen.

Sandra körde sin hand upp och ner på sidan av min kropp som hade legat i min urin. Hennes blöta hand kupade mitt bröst och sedan sänkte hon sitt huvud mot min bröstvårta och sög på det. Sedan öppnade hon skärmdörren till duschkabinen och klev in och vinkade åt mig att följa efter henne.

"Knä på knä där Erika", sa hon och visade golvet framför sig. Jag knäböjde på golvet, mitt ansikte i nivå med hennes fitta, ögonen kastade uppåt och förundrades över undersidan av hennes hängande bröst. Vattnet stänkte mot Sandras rygg och jag lyckades bara få en och annan herrelösa bäck när hon rörde sig.

Sandra förde händerna till sin fitta och spred sina läppar framför mig och lutade sig sedan lite bakåt. En del av vattnet rann nu över hennes axlar mot mig medan en del rann ner mellan hennes bröst till hennes fitta. När jag tittade på, mina ögon övervakade hennes skönhet och höll bort synen, började hon kissa. En ström av varmt piss kort fram från hennes fitta och slog mig i nacken. Sandra lutade sig framåt igen och tittade på hur hon pissade över mina bröst.

"Öppna munnen Erika, drick mitt piss." Jag satt och tittade på henne, rörde mig inte. "Erika, det var ingen förfrågan, det var en order. Drick mitt piss." Strömmen hade stannat nu, Sandra höll uppenbarligen tillbaka för ett tecken på att jag var villig att följa hennes begäran. Hon sträckte ut en hand och tog tag i mitt hår, lutade mitt huvud bakåt och klev över mig så att hennes fitta bara var en tum från min mun.

"Gör inte det här svårt, leksak. Uppenbarligen är du inte redo för det nöje som jag skulle tillåta dig att ha." Jag kände hur hennes piss träffade mina

läppar och höll dem sammanpressade
när det svämmade över dem och nerför
min hals och bröst. När hon var klar klev
hon ifrån mig och sedan ut ur duschen.
Hon sträckte sig in igen och stängde av
vattnet.

Jag rörde mig inte för jag kunde känna
att stämningen hade förändrats. Sandra
torkade sig långsamt och lämnade sedan
rummet. När hon kom tillbaka hade hon
sladdlängderna från loungen. De var
märkbart fuktiga. Sandra tog en och slog
den runt min hals innan hon sa åt mig att
följa efter henne. Det var inte tajt och jag
noterade också att det inte alls var en
slipknut, det verkade helt enkelt
definiera relationen mellan oss igen.
Herre och tjänare.

Tillbaka i sovrummet sa Sandra åt mig
att gå in i en vovveställning. Jag gjorde
som jag blev tillsagd och hon gick till sitt
skåp. Efter att ha fiskat runt inne ett tag
kom hon tillbaka med en enorm svart

dildo och en tub smörjmedel. Hon började snabbt smörja upp mitt anus med ett antal fingrar nu tryckta inuti mig. Sedan rörde hon sig framför mig och droppade glidmedel nerför den enorma gummibiten som hon höll, mitt framför mina ögon. Jag hade ingen aning om hur den skulle passa i mitt rumphål.

Jag upptäckte snart att hon sakta men bestämt tryckte den mot mitt rynkiga hål. Jag kunde känna hur jag sträckte ut mig, bredare än jag någonsin gjort förut. Jag var säker på att hon skulle riva mitt anus, men hon visste vad hon gjorde. Det tog henne 15 minuter att vara nöjd med hur mycket av det där monstret hon hade i min rumpa och sedan slutade hon. Jag andades en lättnadens suck när hon slutade trycka den djupare. Jag låg på händer och knän och kunde känna att den började glida ut igen när hon släppte greppet om den. Detta stoppades dock snabbt när Sandra knöt lite snöre runt det och sedan runt det ena benet, det andra och min hals också.

När jag lade mig på sidan, var mina händer bundna till sängbenet och mina anklar bundna ihop.

"God natt leksak", sa Sandra.

"God natt matte", svarade jag tyst. Jag sov inte riktigt den natten. Jag var helt enkelt inte tillräckligt bekväm. Jag slumrade till ibland, men det var ungefär det. Och när jag behövde kissa mitt i natten gjorde jag inga försök att göra något annat än att kissa där jag låg.

När Sandra vaknade gick hon direkt till sitt skåp och drog fram en läderpiska. Hon fick mig tillbaka i en vovveposition och svängde sedan piskan mot min rumpa.

Zas!. Jag ryckte till och kände hur lädret sved.

"Jag tror att du efter detta verkligen kan förstå mitt behov av fullständig lydnad," var det enda hon sa till mig innan piskan slog min rygg och rumpa gång på gång. Ingen hud var bruten, men det sved och jag visste att det skulle finnas många röda märken om jag kunde se mig själv i spegeln.

Efter en tid var jag kvar igen och rörde mig inte. När Sandra kom tillbaka hade hon en stol. Hon lade den framför mig och lämnade sedan rummet igen. Den här gången när hon kom tillbaka hade hon två skålar flingor. Hon placerade den ena på marken framför mig och satte sig i stolen med den andra.

"Ät", var allt hon sa. Jag tog upp skålen
med händerna men stannade när hon
tillade: "Inga händer." Jag sänkte
ansiktet mot skålen och åt flingorna som
en hund när hon satt framför mig, naken
och åt sin egen frukost. När jag hade ätit
så mycket jag kunde ur skålen satt jag
tillbaka på hälarna och väntade, den
massiva dildon fortfarande begravd i
min rumpa och stack ut mellan mina
fötter. Jag var noga med att inte tvinga
fram det ytterligare. Sandra avslutade
sin frukost och ställde sig upp och gick
mot mig.

Hon ställde sig över mig igen, hennes
fitta en tum från min mun.

"Öppna munnen Erika", sa hon ganska
lugnt. Jag tvekade. Hon tog tag i mitt hår
och drog i det. Det kändes som att hon
skulle slita det från min hårbotten. Jag
öppnade munnen. Sandra började pissa
in i min mun. Jag lät den fyllas , inte
svälja och sedan rann min mun över och

hennes piss rann nerför min hals och över mina bröst. Hon verkade kissa för evigt och jag undrade hur mycket vatten hon hade druckit inför i morse. Det måste ha varit mycket.

När hon var klar släppte hon mitt hår och jag lät det sista av hennes piss rinna ur min mun.

"Se, nu är det vad en bra leksak gör." Hon lutade sig ner och kysste mig, stoppade sin tunga i min pissvåta mun och slickade sedan mitt ansikte. Hon knöt upp sladdarna som band mig och till slut togs den massiva leksaken bort från mitt anus.

"Sätt dig upp på sängen Erika." Jag klättrade upp på sängen och la mig på rygg. Sandra flyttade sig upp över mig, hennes bröst hängde under henne och släpade över mitt kött. Jag huttrade när en bröstvårta betade över min släta hög och sedan upp över min mage. Hon krossade dem mot mina egna små bröst och kysste mig sedan och malde sig mot mitt lår.

Jag svarade passionerat på kyssen och lät mina händer våga mig åt hennes sidor och sedan till hennes rövkinder , och undrade om det fanns en gräns jag inte skulle gå över och vad det troligtvis skulle vara. Men Sandra verkade inte bry sig nu. Hon satte sig upp över mig och släpade sedan fram tills hon tryckte sin fitta mot mitt ansikte. Jag åt henne, använde min tunga för att slicka och smeka hennes klitoris, klämde hela min mun mot henne och sonderade inuti med tungan. Sandra malde mot mig och det dröjde inte länge förrän hon kom.

Sedan började Sandra ta sig tillbaka nerför min kropp igen, den här gången kysstes och sög och bet med sina läppar, tunga och tänder när hon färdades nerför mitt kött. När hon nådde min fitta

trodde jag att jag skulle explodera
direkt. Smekningen av hennes tunga på
min klitoris fick mig att reagera.

Jag var så kåt från veckan av berövande
och slumpmässighet att jag trodde att
jag skulle sluta direkt. Men Sandra var
uppenbarligen väl tränad och visste vad
hon gjorde. Hon retade mig nästan till
orgasm och backade sedan, knaprade
och kysste mina inre lår eller använde
sina fingrar för att dra i mina
bröstvårtor. Sedan skulle hon överfalla
min fitta igen tills jag nästan var framme.
Hon tryckte upp mina knän mot mitt
bröst och drev tungan djupt in i mig och
slickade sedan ner till mitt anus och
upprepade sin handling där.

Till slut släppte hon mig, tog min klitoris
mellan sina läppar, hon drog och sög på
den. Jag skrek när min orgasm slet
genom mig, mina ben darrade och
krampade av kraften. Jag kände hur jag
sprutade vätska när jag kom, första

gången någonsin. Sandra labbade på min fitta, städade och älskade den.

Efter att jag hade återhämtat mig drog hon mig till duschen där vi städade, rörde och smekte. Det var konstigt att den här kvinnan som var min älskarinna plötsligt var så känslig med sina beröringar. Det var som om jag hade knäckt mig, spelet var över.

Senare samma dag sa jag hejdå till Sandra och gick. Jag undrar ofta om jag ska gå och hälsa på henne och vem jag kan hitta bunden på golvet om jag gjorde det.

En dag så kommer jag att.

SLUTET

www.ingramcontent.com/pod-product-compliance
Lightning Source LLC
Chambersburg PA
CBHW031000180726
47993CB00018B/1329